최재열 제5시집

포도의 눈물

포도의 눈물

최재열 제5시집

서시序詩

내 인생길을 열어간다

새벽 별빛으로 구워낸 시향詩香으로
언어의 질감을 매만지며
이미지의 흐름을 좇는 여정

때론,
간결과 절제와 운율을 거느리고
단절된 벽을 넘어도 보고

상상력을 잉태하고
은유를 해산하기 위해
비틀고 뒤틀린 틈새도 허용하면서

현재를 뒤흔들어
미래를 향한 문을 활짝 열어
한 사연을 담아도 내고

예술은 길고 인생은 짧다기에
이제껏 모아온 마음 글로
고요한 시심詩心을 엮어 보이며

말씀의 빛 따라 걸어가는 이 몸
광야에 피어난 샤론의 꽃향기를 품고
두 손 모아 새 생명의 빛을 향해

제2의 인생길을 걸어간다.

2023년 11월
최재열

목차

01

情 그리고 그리움

포도의 눈물

텃밭 한 자리 잡고 자란
키 작은 포도나무
겨우내 움츠리고 있다가
봄이 되면
눈 녹은 하얀 물
가지치기한 상처 끝에
포도의 눈물로 흘린다

지난가을
싹둑 잘린 가지의 고통
아픔을 달래려
상처를 보듬고
눈물을 흘리는데

우린
각자 받은 상처를 품고
우리 모두의 상처를
제대로 감싸기 위해서는
얼마나 많은 눈물을
또
흘려야 하는 걸까

포도의 눈물 같은
뜨거운 눈물에 기대어
다가온
당신의 잔잔한 미소 속에서
못다 한 아픔의 그림자를 본다.

더위는

추위는
나에게 더 촘촘히 다가가라 하고
아랫목에 묻어놓은 밥그릇처럼
은은하게 마음을 데우고
지키는 것이 사랑이라 하고

더위는
마주 보는 창문을 열어
마음을 환기시키듯
바람을 통과시킨 시원한 옷처럼
막힘없는 소통이라 하고

더위는
가장 소박한 하얀 구름이 되어
천천히
내 가슴에
하늘빛 따라 출렁이는
그리움의 파도라 한다.

봄날에는 I

풋향기가 풍기는 날
어딘가
좀 멀리 가보지 않겠냐고
내 안에 유목민 유전자가
마음을 흔들어대면

뭔가
좀 더 정돈된 공간에서
쾌적하게 살고 싶지 않으냐고
내 안에 정착민 유전자가
집 안 청소를 부추긴다

유목민 유전자에 흔들리듯
정착민 유전자에 이끌리듯

이 화창한 봄날에는
남녘에 피었다는
매화 소식이 거짓말처럼 느껴진다면
길을 나서고
좀 더 정갈한 휴식이 그립다면
청소기를 들어야겠지

봄날에는
아쉬움을 삼키며 어떻게든 반기는 자연인이 된다.

추심

가을이 올 때까지
내 앞에 밀려오는 것을 맞이하련다.

계절이 바뀔 때에는
불안정한 것들이 뒤섞이고
지금 있었던 것들을
다가오는 것들이 밀어내려 하면서
땀이든 눈물이든
구름이 몰고 오는 빗방울이든
물의 기온을 자주 느끼게 한다.

내 마음에
눈물이,
연민이 없었다면
안 그래도 힘든 날들이
더 황량했을 것 같다.

휘몰아치는
바람에 여물어가는 들꽃처럼
내 삶 속에 녹아내린
연민과 눈물이
텅 빈 가슴에 뜨겁게 다가와
붉게 타오른 秋心을 적신다.

또 하나의 여행

우주의 질서가 흐르는 곳
세 가지가
놓여있는 공간 속에서
하나를 덜어내면
공간은 상상 이상으로 넓어진다
하지만 한동안은
그 넓이에 적응되지 않고
뭔가 허전함에 사로잡히곤 한다
바로 그 순간을 견디고 나면
헐렁한 공간이
얼마나 나를 자유롭게 하는지

세상엔
여러 가지 방식의 여행이 있다
먼 길을 떠나지 않아도
내가 사는 공간을 새롭게 만드는 것도
또 하나의 여행이 될 것이다
매일

그 자리에 놓여있던 것 중에서
하나쯤 덜어낸 새로운 공간
허전함과 자유로움이 공존하는
나만의 공간을 마련하여
나름대로
멋스러운 여행을 하고 싶다.

여름을 보내면서

유난히도 무덥던 올여름이
극성스럽게 지나가는 동안에도
나무들은 나무의 일을 하고
구름은 구름의 일을
바람은 바람의 일을 하고
나는
나의 일을 하며 여기까지 왔다

거센 비가 지나가면서
무더위가 한풀 꺾인 때도 있었다
그럴 때마다
예전엔 꺾인다는 것이
패배감이나 쓸쓸함으로 다가왔지만
요즘엔
한풀 꺾인 모든 것에서
성숙함과 자유로움을 느낀다.

이렇게
똑같은 것을 보고도
다른 관점으로 받아들일 수 있는 건
사람만이 누리는 특권
이것은
시간의 강물을 따라 흘러온 심상心想이기에
내 가슴에 다가온 새로운 기쁨으로 품어본다.

산다는 건 I

산다는 건
5분쯤 늦게 극장에 들어가
영화를 보는 일과도 같더라

영화의
흥미를 좌우하는 5분을 놓친 채로
결정적인 몇 개의 단서를 놓쳐버린
수사관 심정 같은 것
그래서
더욱 궁금한 마음으로
더 집중해서
영화를 보게 되는 힘과 같더라

예측 가능한 결말보다
너무 뻔해서 불편한 해피엔딩보다
열린 결말을 선호하는 것이
영화의 추세라면
일요일 저녁을 소재로
영화를 만든다면
열린 결말은 어떤 것이어야 할까

인생의 황혼에 서서
곱게 물든 저녁 풍경을
영화를 보듯
하얀 마음으로
물끄러미 바라보게 되더라.

5월은

푸른 하늘가에 꽃향기 가득한
5월
뜰 안에 장미가 눈짓하고
넝쿨장미 찔레꽃 향기도 피어난다
덩달아
산에서 불어오는 바람 따라
아카시아 향기도 들썩인다
이뿐이랴
종달새, 뻐꾸기 소리가 섞이고
밤에는 소쩍새, 부엉이 소리도 들리는 것이
5월의 풍광風光이다

잘못 배달된
우편물 같은 때 이른 더위가
나를 힘들게 해도
원래 5월은
겨울을 견딘 꽃향기와
새들의 합창이 이렇게 어울리는 달이다

지금 이렇게
이 모든 것들이 한창인 것은
혹독한 추위를 견딘
눈물겨운 생명을 드러냄이니
놓치기 쉬운 자연의 신비를
새삼스러운 마음으로 바라보며
생명의 끈을 동여맨다.

그곳으로

여름이 되면
자주 지도를 펼쳐 든다
모슬포, 격포, 후포, 곰소 같은
항구 이름도 떠올려 보고
사량도, 비진도, 홍도 같은
작은 섬도 짚어본다

큰 지도를 작게 축소해 놓고
현 위치를 들여다보며
마음 먼저
가고픈 그곳에 한걸음으로 달려가 본다

이럴 때마다
아들의 아들에게
지도나 지구본을 선물로 주고 싶다
갇히지 말고
더 넓은 세상을 살라는 마음이다

무더운 그림자에 기대어 화려한 꿈을 꾼다
지구본을 돌려 손가락이 닿는 대로
떠날 수는 없겠지만
미지의 항구와 해변
섬과 산의 이름을 떠올려보면서
그곳으로
마음의 여행을 나서본다.

산다는 건 II

늘 입는 옷이건만
어느 때
단추가 위태롭게 매달려 있거나
떨어져 있는 걸 발견할 때가 있다

이렇게
단단히 여미고
붙들어 두었다고 믿는 것들도
나도 모르게 그렇게 되기도 한다

살아가면서
떨어진 단추를 제자리에 달듯
나의 인생도 끊임없이
제자리를 찾아가려고
노력을 기울이는 것이다.

나의 삶
잊어버렸던 단추 되어
외롭고 힘들었던 시간 위에
얼룩진 하얀 그림자로 맴돌다
이제
내 가슴 깊은 곳에
새 희망으로 안긴다.

봄이 올 테니

때가
무르익기를 기다리는 건
자연의 순리를 따르는 미덕이다

한 편의 영화 촬영을 위해
꽃필 때를 기다리는 영화감독처럼
내 삶의 소망을 위해
꽃필 순간을 준비하고 기다리고 싶다

계절은
좀 더디 오긴 해도
약속을 어기는 법은 없다
오직 내 마음이 서두를 뿐이겠지만

곧
봄이 올 테니
내 할 일도
잘 준비하고 은은하게
기다리는 여유의 법을 익혀야겠다.

나만의 시간을

내
오가는 길에 서 있는
같은 종류의 나무인데도
어떤 나무는 잎이 다 졌고
또
어떤 나무는 아직도 단풍 든 채로 매달려있다

계절도 시샘을 하는 건가
아쉬움에 떨고 있는 걸까
낙엽 지는 무렵인데도
지금이 가장 아름다운 때라고
몸단장을 하고 있다

나만의 생각일까
언제부터인지 내 안에
저무는 곳에, 낮은 곳에
삶의 연민과 그리움의 파도가
넘실거리고 있다.

풍경에도
가장 아름다운 때가 있고
누구나의 삶에도
참
좋을 때가 몇 번쯤은 찾아오건만
그 좋은 순간인지도 모르고
무심코 지나쳐버리지 않는가

낙엽 지는 거리에서
잠시라도
곱고 아름다움을 가슴에 안고
나에게 찾아온 행복
나만의 시간을 가져본다.

토요일 저녁

삶에는
80 대 20의 비율이
적용된다는
한 법칙이 있다

80%의 시간을
열심히 살았더라도
20%의 휴식이 없으면 안 되는 것처럼

80%의 지식이 있더라도
20%의 지혜로움이 없으면
그 지식은
좋은 기능을 발휘하지 못하는 것처럼

80%의 열정이 있더라도
20%의 통찰이 없으면
그 열정은
필요한 것들마저도 태워 버릴 수도 있다는 것처럼

80%의 소리가 있더라도
20%의 고요가 없으면
그 소리는
소음이 될 수도 있다는 거다

그
20%의 함량이 가장 많은 시간
토요일 저녁,

몸에 좋은 약을 복용하듯
20%의
고요와 휴식
지혜로움과 한가로움을
하나하나 음미해보는
파아란 저녁이고 싶다.

친구

세상을 살다 보면
나를 사랑하는, 미워하는
그리고
나에게 무관심한 친구가 있다

나를
사랑하는 친구는
나에게 유순함을 가르쳐주고
나를
미워하는 친구는
나에게 조심성을 일깨워주고
나에게
무관심한 친구는
자립성을 불어넣어 주는 존재이다

친구의 명단을 뒤적이다 보면
나에겐
음악, 라디오, 바람, 저녁노을이라는
또
휴식이라는 친구가 웃고 있다

나의 일상에, 나의 주변에
많은 것들이
많은 사람들이
나에게 도움이 되는
또
바라보게 하는
소중한 친구로 자리하고 있다.

달빛 익어간 밤
무심코
이제껏 놓치고 살아가는 많은 친구 별들을
밤하늘에 그려보고 있다.

7월의 마지막 날

숲길을 걸으며 산중문답山中問答 해보네.

숲의 건강을 위해선
적당한 간격을 유지해 주고
나무를 솎아주어야 한다네.

작은 나무와 풀잎까지도
햇살과 바람을 잘 받아들여
숲의 숨결이 생기 있게 흐르도록
자연의 손길이 필요하다네.

나의 일상에도
온갖 일들로 꽉 들어차
무엇을 먼저 해야 할까
어떻게 할까 망설여지고
마음까지도
무기력, 질투, 동경,
귀찮아짐의 가지가
치렁치렁 자라나고 있으니

내 인생의 숲길에
산뜻하게 머리를 자르고
나타난 사람처럼
오붓한 감정의 골을 내고 있다네.

이리도 무성한 올여름엔
좀
많이 비우고 솎아내
홀가분하면서도 뭔가 풍성해진
나를 만나고 싶다네.

벌써
7월의 마지막 날
그 많던 날들 속에 밀려왔던 일들
쉬엄쉬엄
하나하나 어루만지며
챙겨주고 있다네.

기다리면

나의 인생

기다려도
오지 않았던 사람이 있고
아무리 기다려도
오지 않았던 기회도 있다

그러나
기다림 없이
기다리면 일요일이 오고
저녁이 오고

또
가을이 온다는 건
이 얼마나 멋진 일인가.

자, 보아라
나의 인생 앞에 선 나
자연의 섭리 앞에
가슴을 열고 웃고 있다.

추석 명절

추석 명절에
만난 아이들의 모습에서

시간은
한가위 보름달처럼
둥글고, 크게
보람을 향해 흐르고

달이 야위었다가
보름달로 차오른 것처럼
세상엔 그 자리에
그대로 있는 건 없다더니

모처럼
밀물 되어 넘은 파도
썰물 되어 수평선을 향한
아이들의 해맑은 미소는

버얼써
초승달 모퉁이에
그리움으로 다가와
내 가슴을 맴돌고 있다.

8월엔

내
삶의 여행길에 가져가야 할
네 가지를 점검해 본다

탐욕의 강물에 빠져 허우적거리는
나를 건져낼 두레박,
높은 곳에 올라
연민으로 세상을 바라보게 할
사다리,
무한한 상상력을 위한 색안경,
그리고
희망을 바라볼 망원경

8월,
이 네 가지의 보물을 가슴에 품고
당연하게 여기던 것을
한 번 비틀어도 보면서
밝음과 어둠을
다른 각도에서 앵글을 맞춰
유연함과 느긋함과 여유로움으로
폭염과 열대야의 파도를 넘어가고 있다.

공간의 미학

한
화가가 연필로 그림을 그린다
그의 연필은 화가의 노리개처럼 움직인다
그리고 싶은
모든 것을 그리지 않고
절제된 마술사처럼
그려진 부분과 그려지지 않는 공간 사이의
여백을 놀이터로 남겨놓는다
그 여백을 통해
무한한 상상의 날개를 펼쳐나간다.

친절한 설명과
완벽한 윤곽과
넘치는 정보로 가득한 시대에
공간의 미학을 즐긴다는 건
모처럼 일상을 벗어나
숲에 들어가 깊은 숨을 쉬는 것
명상의 시간을 갖는 것
참나를 바라보는 느낌이리라.

어둑해지는
땅거미 지는 오늘 밤에도
그런 시간이었으면 좋겠다
깊은 숨을 쉬며
어딘가에 두고 왔던
마음을 챙기는 나였으면 좋겠다.

서로의 허물도

찬 물결이 흐르는 인생길에
마음결을 어루만지고 있다
깊은 생각으로 고뇌에 쌓일 때에는
한 걸음
더 나아가서 이성적으로 생각하고

열정에 끌릴 때에는
감정의 선을 잘 그어야 한다
딱,
그 이성과 감정에 빠지지 않고
공감의 공간에서 멈춰 서야 한다
한편으로 비약하는 걸 막지 못하면
마음을 수습할 시간을 놓치게 되고
돌이킬 수 없는 곳까지
내 마음이 달려가 버릴 것이다

나 이제,
너무 멀리 가버린 마음을 다스리기 위해
상처받은 마음도
지친 마음도 다독이며
드러난 허물도
조금은 너그러이 받아주면서
저녁노을에 기대어
찰나의 그림자를 넘나들고 있다.

너는 나다

예술가들은
시대와 공간을 넘어
서로서로에게 영향을 주고받고
작품의 영감을 얻기도 한다

나는 보고 있다
존 에버렛 밀레이는
셰익스피어의 〈햄릿〉에서 영감을 받아
〈오필리아〉라는 그림을 그리고
현대의 사진작가들은
밀레의 그림에서 영감을 얻어
사진을 찍고 있는 것을

서로
아는 사람들도
서로 모르는 사람들이라 할지라도
같은 버스, 지하철을 탄 사람들도
알게 모르게 영향을 주고받는다

서로의 인생길에
새 힘을 주는 사람들
너는 내가 되어
행복한 삶을 위하여
무지갯빛 향기로 피어나고 있다.

도돌이표

신나는
음악 수업 시간,
도돌이표를 처음 배웠을 때
도돌이표가 있는 구간을
반복해서 연주하는 것이 신기하기도 하고
어렵기도 했었다

도돌이표가
악보에만 적혀있는 것이 아니라
내 인생의 여정에도 있다는 걸
살아오면서 새삼 느꼈다
계절 속에도,
희망과 좌절, 사랑과 이별의 틈새에 낀 도돌이표
이 과정이 한 번씩 돌아올 때마다
어떤 의미로든
한층 성숙했다는 생각이 들었다

이제
도돌이표의 구간을 벗어나
열린 마음으로
내 인생의 다음 악보를
힘차게 연주해 보고 싶다.

나의 진짜 모습

나의 존재
진짜 나의 모습을 찾아서
우연한 여행을 떠나는 영화 속 주인공이 되어 본다.

눈을 감고
지구본을 돌려 우연히 짚은 곳으로
여행을 떠난 사람,
친구가 준 티켓 하나에 의지해서
토스카나로 떠나는 주인공도 되어 본다.
우연히
마주친 여인이 두고 간 책 때문에
리스본행 야간열차에 몸을 기대는 남자,
찬송가를 부르며 성지순례를 떠난
수도사도 되어 본다.

여행을 떠난 이유는 가지가지
떠나지 못한 사연이야 천차만별이겠지만

어떤 이유이든
여행을 떠난다는 것이
떠나지 않았던 것보다
훨씬 좋은 것이었다는 생각 때문에
한 템포 쉬어가는 느긋한 마음으로
찰나를 찾기 위해 지구본을 돌리며
밀물 되어 열린 내 가슴을 두드린다.

다섯 사람

깊은 밤, 고독이 밀려올 때
'당신은
당신과 가장 많은 시간을 보낸
다섯 사람의 평균이다.'라는 말이
더 깊은 가슴을 두들기고 있다

나에게
가장 많은 영향을 안겨준
다섯 사람의 모습이
시간의 두께만큼, 영향력의 깊이만큼
내 안에 떠오르고 있다

그 다섯 사람의 평균이
'나'라는 특이한 시선에 머물 때
나에게 가장 소중한 사람은
바로 지금 내 곁을 맴도는 사람이라는 것이
그 사람이 바로
나를 형성하는 존재이기도 하니까

내 모습에 들어있는
다섯 사람은 누구일까
나는
가까운 사람에게
어떤 모습으로 비추었을까.

02

샤론의 꽃향기

봄

봄,
꽃이 피기 위해 치른 수고를 아는지

봄은
정말 거저 오는 계절이 아니란다
견뎌내고 지켜내고
힘써 생명수를 길어 올려
맞이하는 반가운 손님이란다

그래서일까
자연의 이치와 그 수고를
진심으로 알아봐야 할 계절
햇살도 빗줄기도
해가 뜨고 지는 시간도
다 달라지는 계절의 의미까지도

빛 따라
팝콘 터지듯 피어난 꽃망울이 눈짓하면
묵은 내 마음의 먼지를 털어내고
창문을 열면
하얀 꽃으로 사뿐히 오신 당신.

당신의 선물

원래는
하늘은 푸르고 맑아서 숨 쉬기 좋고
그 하늘엔
해와 달 그리고 별도 많았고
물은 어디서든
두 손에 담아 마실 수 있을 정도로 맑았다
사람들은
정이 많고 너그러웠고
시간은 천천히 흘러갔다

지금은
내 곁에 있던
이 아름다운 것들을
많이도 잃어버린 것 같다

맑고, 달고, 다정하고
너그러운 것들이
더 멀리 떠나기 전에 되찾아야겠다
한동안
숨 쉬기 힘들었던 날들을 보내며
아직 내 곁에 있는 것들

이제는 당신께서 주신
소중한 선물의 목록을
하나씩 만들어봐야겠다.

사람이 사람을

봄날에
피어나는 꽃이 주는 감동만큼
지는 꽃도
감동의 기지개를 준다

바람이 한 줌 불면
꽃잎은 눈이 되어 내리고
비가 오면 꽃비가 내려
겨울도 여름도
사색의 가을도 얼굴을 내민다

너무 짧아서
소중하고 더 아쉬워서
꽃을 보러 나서는 사람이 많겠지
나 역시
꽃처럼 피고 지는 존재
그 뒤 있어 나를 반겨줄 사람 있겠지

사람이 사람을
꽃처럼
아름답게 바라볼 수 있도록
꽃향기 모아
하얀 소망의 촛불을 밝힌다.

약한 것으로

가벼운 것도
오래 들고 있으면 무겁고
얇은 것도
겹치면 튼튼한 벽이 되기도 하듯
가볍다고
언제나 가벼운 것만도 아니고
약하다고 늘 약한 채로만 있지 않는다.

종이를
여러 차례 접으면
유리컵을 지탱할 수 있을 만큼
강함을 보여주기도 하여
한 건축가는 종이로 만든 집을
지진으로 집을 잃은 사람들에게
선물하기도 하였다는데

약한 것으로
강한 것을 만드는 힘
약점이 강점이 되는 힘
당신께서 베푼 기적의 신비를
내 안의 약한 마음 가운데에
좀 더 자주 만나고 싶다.

틈새

현실과 이상 사이의 간격
어제와 오늘 사이에 놓인 변화
이성과 감성의 갈등,
그리고
낮과 밤 사이에 드러난 정서적인 흐름
이 모든 것
완벽하게 맞물려 있지 않은 틈새가
내가 살아갈 에너지와
변화를 만들어내는 원동력이 된다.

틈새는 메워야 한다고
간격은 없애야 한다고 말하지만
틈이 있다는 것도 인정하고
간격을 유지하는 것도
어쩌면
세상의 이치를 존중하는 한 방식이리니

원하는 것과
원하는 대로 되지 않는 것 사이의 틈새
다가가고 싶은 마음과
주저하는 마음 사이의 틈새
이를 여유롭게 바라보면서
어둠에 가려진
새벽별 위에 띄운 두 손을 본다.

봄날에는 II

봄날에는 자기부상열차磁氣浮上列車가
내 마음 한구석에 기지개를 켠다

그래서
좋은 일이 있는 사람처럼
얼굴이 상기되기도 하고
좀 더 외로워지기도 한다
감당할 수만 있다면
붕붕거리는 마음도 괜찮고
조금은
외로운 마음으로
꽃을 바라보는 느낌도 나쁘지 않겠다

그 느낌들이
나를
일상으로부터 조금 들어 올리고
또,
앞으로 전진하게 할 것 같기도 하다.

이 좋은 봄날
자기부상열차를 타고 달려가고픈
당신을 향한 내 마음처럼.

응답의 삶

오랫동안
연인 관계로 잘 유지하는 커플

마음을 주고받는 것이
무형의 현상이지만
응답의 삶을 이루어가는 경우이리니
전화를 받은 만큼 걸어주고
관심을 받은 만큼 관심을 보내고
사랑을 받은 것 이상으로
사랑하는 관계를 유지하는 것
서로의 충족감이 안정된
사랑으로 이끄는 힘이 되겠지

질문을 받았을 때에는
대답을 해야 하는 것처럼
편지를 받으면
답장을 하는 것처럼
사랑과 관심과 혜택을 받았을 때에도
답장을 보내려는 배려도 필요하겠다

그동안 내 삶의 과정에서
간절한 무언가를 받고도
응답하지 않았던 건 아닌지
당신으로부터 받은 사랑만큼
돌려줘야 하는데도
잊고 있었던 건 아닌지 되돌아본다.

살아가는 동안

시간은
대답을 들려주기도 하고
기다려보면 알 거라고
선문답으로 흘러가기도 한다
때론
바람이, 저녁이
대답을 들려줄 때도 있다

대답을 듣는 일보다 중요한 건
질문하는 걸 잊지 않는 것이다
물어보고 청請하는 사람에게만
시간은, 저녁은 또 음악은
이보다 먼저 함께하신 당신께서
어떤 답이든 들려줄 테니까

사는 일에
사람 사이에 대해
살아가는 동안
질문과 구求함이 많아지는 무렵
내 삶의 무게 저편엔
당신의 응답,
참사랑이 둥지를 튼다.

건넌방

하루를 보내다 보면 나도 모르게
안방 건너
건넌방에 멈춰버린 시선
자꾸
건넌방에 마음이 간다
이럴 때마다
건넌방에 누군가를 들여놓은
하숙집 주인이 된 것 같다

그 방엔
내가
초대한 손님이 머물기도 하지만
누군가가
허락도 없이 불쑥 들어올 때도 있다

누가 머무르든
배려의 베게 위에 머리를 얹고
편히 쉬어가는 곳
믿음의 숨결이 흐르고
행복한 기억 하나 품어준
당신의 방이기를 소망한다.

개천절을 보내며

창문을 열고
마음을 열고
안과 바깥을 순환시킬 때
현관에서
신발을 신고 문을 열고 나설 때
비로소
하루의 일상이 시작된다

내려있던 커튼이 걷히고
다향茶香이 공간을 가득 채우고
그 향기가
거리로도 쏟아져 나올 때
비로소 카페 문이 열린다

개천절을 보내면서

닫혀있던 문을 열고
덮어둔 역사의 장을 다시 열고
세상에 얽매인 마음을
조금은 풀어도 좋지 않겠냐고
살며시 노크도 해보며
열린 하늘을 향해
두 손을 활짝 펼쳐 본다.

마음의 스위치가

스위치가 항시
켜져 있어야 한다면
사랑이든 꼬마전구든 네온사인이든
마음이든 견디기 힘들겠다
다시 켜지기 위해서는
꺼지는 시간, 쉬는 시간이 있어야 한다
모든 기기에
스위치가 달려 있는 이유이기도 하니까

낮 동안
꺼두었던 스위치를 켜고
지금까지
켜두었던 스위치는 잠시 꺼두어야 할 시간
어쩌면 한 해 내내
꺼두었던 스위치가 있는 건 아닐까
점검도 해봐야 할 것 같다
내 안의 스위치까지도

가로등이 켜지는 마법의 순간처럼
덜 깬 나의 영혼과
나 아닌 누군가의 거듭난 삶을 위하여
생명의 빛이 반짝 켜지는
이 밤이었으면 한다.

텅 빈 그릇처럼

내 안의 모든 것
항상 조금씩 털어내고 싶다
스트레칭이나
요가의 마지막 단계에서처럼
차분한 숨 고름의 시간을 갖고 싶다.

폐를 깨끗하게 비우듯 숨을 내쉬고
길거리에서 춤추는 풍선 인형처럼
모든 걸 털어내고
그렇게
홀가분한 상태에 이르도록 하고 싶다
나에게
꼭 필요한 것이 하나 있다면
잘 비워내고
다시 채우는 일이다
그런데도
나를 채우는 일에는 부지런하고
비우는 일에는 게으름을 피운다

텅 빈 그릇처럼
말끔히 정돈한 집처럼
내 마음을
비워낼 수 있으면 좋겠다
그래야 당신께 선택받은 몸으로
거듭난 몸으로
더 아름답고
신선한 것들을 채워 주실 수 있을 테니까.

12월의 첫날

12월,
누가 알려주지 않아도

몇백 광년쯤 먼 곳을 다녀와
이 별의 시간 같은 걸
까맣게 잊어버린 나그네일지라도
이제 12월이 됐다는 건
금방 알 수 있을 것 같다

캐럴 송이
매서운 바람에 귓가를 스치고
코끝에 입김이 서려 차갑고
여기저기 반짝이는
크리스마스 장식이 빛나고 있고
작고 곱고 서글픈 것들이 반짝이고 있으니까

12월,
추위를 견딘다는 것
낯설음을 안고
더 가까이 다가앉는 것
좀좀히 다가앉아 안부를 묻고
어깨로 마음으로 따뜻함을 느끼는 것

올 한 해의 끝자락을
너도나도 춥지 않게 보냈으면...

내가 이 세상에서

인생을
어떻게 살아야 할 것인가?
훌륭한 대답을 얻으려면
좋은 질문이 먼저 있어야 하겠다

세상에서
가장 훌륭한 질문은
내가
이 세상에서
가장 잘할 수 있는 건 뭘까?
스스로에게 묻는 것이다

가장 잘할 수 있는 것을
스스로에게 묻는 건
나를
잘 알기 위해서도
충만한 삶을 살기 위해서도
세상에
아주 조금이라도 보탬이 되는
삶을 살기 위한 질문이면 더욱 괜찮겠다

내가
이 세상에서
가장 잘할 수 있는 일,
눈 내리는 날
다른 사람을 기쁘게 해줄 수 있는
작은 수고로움과 베풂
그런 것이어도 좋겠다.

반대편에 있는 것들

남극의 얼음
공기 기포까지 얼어있어
먹어보면 기포가 톡톡 쏘는
맛이 느껴진다고 한다.

북극이
백야를 맞이하고 있을 요즘
남극은
정반대의 현상을 겪고 있을 거다.

남극의 여름이 영하 3도
체감 온도는
영하 10도 정도라니
겨울을 맞이하고 있는
지금 기온은 어떨지

지금 여기에서 잘 사는 것이
나의 삶의 목표이지만
때론
반대편에 있는 것을
헤아려 본다

자석의 N극이 S극을
서로서로 끌어당기는 것처럼
반대편에 있는 것들을
헤아리고
또
끌어와
오늘의 삶을
생동감 있게 만들고 싶다

그러다 보면
나의 삶도
당신의 드넓은 가슴에 안겨
더욱더 풍성해지겠지.

이렇게 허전한 마음

거대한 냉장고엔
뭔가 잔뜩 들어있는데도
막상 먹을 것이 없고
옷장 가득 들어있는데도
입을 것이 없다
날마다 통화를 하는데도
허전하고
사람들에 둘러싸여 있는데도
외롭고
약속이 많은데도
쓸쓸한 마음
이런 느낌을
모두 알고 있으면서도

어쩌면
中心에 있어야 할 것이
비어있기 때문에
나는
자주 이런 느낌에
시달리는 것이 아닐까 싶다

꼭 필요한 것만 갖겠다는
의지
간결하게 살겠다는
마음
그리고 나를 잘 알고 이해하려는
노력

이런 모든 것을
냉장고와 옷장과 전화기보다
먼저 채우고 갖춰야 할 것이기에

이렇게 허전한 마음
나
스스로에게 자문자답하고 나면
외로운 파도 저 너머엔
미소 띤
당신의 얼굴이 아른거린다.

봄이 오는 길목에서

따스한 빛살 아래
조금씩
봄이 다가오고 있어서 그런지
요즘엔 봄 타령이다

희망의
봄,
생각해
봄,
당신의 얼굴을 그려
봄.

움츠린 것
무거운 것들을
훌훌 털어버리고 싶은 날들
조금씩
속가슴의 숨결 따라
봄이 다가오고 있으니
외투 무게만큼의 걱정과
욕심이라도 녹아낼 수 있으면...

시간의 친구가 되라고

神은
인간을 시간으로 길들인다

해변에 닿았다가 멀어지고
또다시
밀려오는 파도처럼
일정한 주기로 반복되는
시간으로 길들이기도 한다

사람의 힘으로는
어쩔 수 없는 한계 앞에 데려다 놓고
무모한 선택이나
어리석은 욕심으로 시험에 들게도 한다

참神은
인간에게 되돌릴 수 없는
시간에 갇혀있지 말고
아직 오지 않은 시간은
지나치게 두려워하지 말고
박음질하는 사람처럼
꼼꼼한 걸음걸이로
지금 바로
이 시간을 소중히 맞이하라고 한다

오직 세상 시간에
일방적으로 길들여지지 말고
철길처럼 나란히
소망 안에 함께하는
시간의 친구가 되라고 한다.

환절기

누군가의 인생극장
오랜 소망을 이루려는
인간의 한계를 넘나드는
한 편의 드라마를 지켜보며
한동안을 보내고 나니
안 그래도 짧은
2월이 훌쩍 지나가 버렸다

당분간은
큰 추위가 고개를 떨군다는데
먼 곳에 있는
나무들은 꽃망울이 통통해졌을까
남녘에 매화가 피기는 하는 걸까
그리운 사람들은 잘 지내고 있을까
이런저런 생각에
먼 기억 속의 일들이
사뭇 궁금해질 때
그때가
바로 환절기란다

환절기라고 부르기엔
아직은 겨울 느낌이 강하지만
나는
지금 좋은 계절
또 한 철로 바뀌어가는
시절을 맞이하여
별빛 녹아내린
하얀 새벽하늘을 향해
내 삶의 환절기,
새로 거듭남을 위해
두 손을 맞잡아 본다.

언제나 두 겹

나의 삶은 언제나 두 겹이다.

날이 더워지면 선선하던 때가 그립고
그토록
소망하던 좋은 날들이 이어지면
지루하다는 생각이 들고
모처럼
먼 길을 떠나면
머물러 있을 때가 좋았는데 싶고
사람과 가까워지면
내 공간이 없는 것 같아 갑갑하고
어쩌다 멀어지면
세상에 혼자 남는 외로움 때문에 힘들다.

그래서일까
언제나
두 겹이거나 그 이상의 감정일 때가 많다

동전의
양면처럼 상반되는 감정

이렇게
변덕스럽고 엇갈리는 마음들은
사실
삶의 균형을 맞추려는
나의 본능적인 중도中道의 흐름이건만

생각해 보면
내 안에 내재된
흥미로운 능력 너머엔
언제나 은총의 삶 속에
당신의 하얀 미소가 어른거렸다.

봄날은 간다

5월의 끝자락
이젠
봄날은 간다고 말해도 좋을 것 같다

봄날은 간다는 말에
왜 내 마음이 흔들릴까
나도 언젠가
한 번은 꽃처럼 피어날 때가 있었던가
봄날은 간다고 되뇌이니
어쩐지 초연한 느낌이 들지만
한편으로 생각해 보면
완숙한 성품으로 물들어가는 찰나이리니

누구에게나
봄날은 오고 또,
그 봄날은 언젠간 떠나겠지만
보내야 할 것을 제때
선선히 보내줄 수 있는
비운 마음엔
지금껏 쌓아 온
충만한 삶의 보자기에 드리운
하얀 그림자로 녹아내린다.

문과 문턱

옛부터
사람이 살아가는 곳에서는
어디서나
문과 문턱에 중요한 의미를 부여해 왔다

새로운
세상으로 들어서고 나가는
문.
다른 미지의 공간을 넘나드는
문턱.
이곳도 아니고
저곳도 아닌 경계선에 섰을 때
나는
고독과 불안에 떠는 고아가 되곤 한다

하지만
시선을 조금만 바꿔보면
문과 문턱은 모호한 경계가 아니라
이곳으로도 갈 수 있고
저곳에도 속할 수 있는 중용의 한계
더 많은 힘과
더 넓은 세계를 향한 공간이어서 좋다.

나 이제
좁은 문 앞에서
머뭇거리는 시간은 줄이고
높은 문턱을 넘는 힘찬 발길에
새로운 세상과 마주하는 용기를 늘려주신
당신께
오늘도 두 손을 모은다.

여행길

인생은 나를 찾아 광야를 달리며 여행하는 것

여행은
떠나는 길이 있으면
돌아오는 길도 있다

갈 때와
똑같은 길을 돌아오더라도
그 길의 풍경이
사뭇
다르게 느껴질 때가 있다

갈 때에
오르막 인생도
돌아서면 내리막이니
내
인생의 풍경에
선악의 빛이 따로 있으랴

오늘을 마무리하는
붉게 물든 서녘 하늘을 우러러
내 가야 할 여행길이 어디냐고
두 손을 모은다.

2023. 1.
기현

9월의 어느 날

9월,
어느 날 오후

기울어 가는 햇살이 유리창에 머무니
평소에는 보이지 않던
무수한 손자국, 흠집 난 자리
얼룩진 흔적들이
마치
꽃무늬로 피어나고 있다

마음이라고
그런 자리가 없을까
내 마음의 창에
비스듬히 들어오는 햇살이 비출 때
은은히 보이는 얼룩진 자리에
상처 난 마음이 웅크리고 있다

내

마음을 기울여 세상을 보니

기울어진 지구,

기울어 가는 햇살,

어딘가에 마음을 기울이는

기울이는 일이

내 마음을

보살피고 쓰다듬는 생명의 꽃으로

9월의

파아란 하늘을 곱게 물들이고 있다.

03

살며, 생각하며

행복의 꽃

내가
원하는 뭔가만 있으면
행복해질 것 같은데
하지만 그 무언가가 생긴다 해도
나는
만족할 만큼
행복해지지 않을 것 같다

내가
원하는 무언가가 없어서
행복하지 않은 것이 아니라
이미 가지고 있는 걸
발견하지 못해서 그런 건 아닌지

꽃이 피어서
시선이 자꾸 바깥으로 향하는 계절
저녁이 오면
나에게 원래부터 있었던 것들을
하나둘 헤아려봐야겠다
내 안에도 행복의 꽃이 피는지.

오늘처럼

같은 것이 두 개
혹은
여러 개가 나란히 놓여있는 풍경은
언제나 아름답고 애틋하다

스님들이 벗어놓은 고무신
식탁에 나란히 놓인 젓가락
서가에 가지런히 꽂힌 책
아내가 빨랫줄에
다정히 널어놓던 장갑처럼

외로운 사람은
닮은 두 개를 늘 그리워하듯
오늘처럼
힘들고 외로울 땐
누군가 하나 곁에 하나를
나란히 가져다 두면
포근한 위로가 되겠지

2월 22일처럼.

세상은

세상은
열세 살 어린이들로 가득한 교실

교실 뒷줄엔
변성기도 지나고 키도 훌쩍 커서
마치 청년 같아 보이는
열세 살이 자리 잡고 있고
앞줄엔
여전히 솜털 보송보송한
아이들이 함께 있는 곳
같은 열세 살이어도
체격이나 관심사가 전혀 다른
열세 살의 몸짓이 이리저리 부대끼는 곳

세상은 그런 곳
같은 줄에 나란히 서서
같은 햇살을 받으면서도
잎에 새기며 피고 지는 향기가 다른 것처럼
서로 다른 사람들이 살아가는 세상
같은 구름이 지나가도
비 내리는 곳도 있고 빛살 내리는 곳도 있는데
왜, 나만이
다른 사람들처럼 살지 않았다고
헛된 삶을 살았다고
가슴을 두드리고 있는가
저 교실, 어린이들의 밝은 미소를 보렴.

바로 지금

책상 앞에는
바람에 나뭇잎이 흔들리는 창문이 있고
읽던 책은 책상 위에 펼쳐져 있는데
책을 읽던 사람은
책상 앞을 떠나고 없는
사진뿐

이 사람은
책을 읽다 말고 어디로 갔을까
반가운 사람이 찾아와서
아니면,
책의 여운을 안고 산책을 나갔을까
그다음 장면을
상상해 보는 것이 좋아서일까

읽다 만 책을 내려놓고
산책을 나가는 사람처럼
가끔은
일상의 문제를 내려놓고
산책하듯
나서보는 일

바로
지금이 그런 시간이었으면.

저물어 가는 금요일

언제나처럼
빗소리 따라 계절은 깊어가고
풍경은 여물어간다

비는 꽃을 피우고
꽃을 떨어지게도 하고
또
새로운 꽃을 피어나게도 하고
여린 나뭇잎을 철들게도 한다

무언가 깊어지기 위해서는
눈물이
생각의 깊이를 바꿔온 것처럼
남몰래 흘린 땀이
일상의 고요를 책임지게 한다

저물어 가는 금요일
활기보다는 하나의 과정을
갈무리해 가는 안도감이 드는 저녁
한 주 내내
세상일과 부딪치며 애쓴 나에게
각별한
인사를 전해줘야 할 침묵의 시간
성찰의 시간이기도 하다.

올해의 후반전

새집, 새 차, 새 운동화, 새 옷
새로운 것이라고 하는 것은
언제든 싱싱하고 상쾌함을 주지만
아무리 싱싱한 새것도
시간이 깃들고, 사연이 숨어있는
이야기들을 능가할 수는 없다

오랜 시간 동안 곰삭은 음식
기-인 시간 동안 쌓아온 지식
오래 이어온 인맥
이를 위해 마음에 담을 수 있는 건
아마도 정성뿐인가 싶다

전반전보다는
후반전이 왠지 빠르게 지나가는
운동경기처럼
내 한 해의 후반전도
훨씬 빨리 지나가고 있나 보다

올해의 후반전
아직 내가 해야 할 일들
하나하나 서둘지 않고 챙기며
이 삶의 짐이 아무리 무겁더라도 포기하지 않고
지치지 않는 발걸음으로
멋진 날들을 보낼 수 있기를 다짐해 본다.

삶의 조화를 위해

황혼의 여행길에서
이탈리아의 베니스를 찍은
몇 장의 사진을 본다

산마르코 광장, 리알토 다리, 두칼레 궁전
그리고 선착장에 정박해 있는
곤돌라의 수려함까지도 놓치지 않았다

베니스의 곤돌라는
왼쪽으로 기울어져
어설프게 눈에 들어온다
알고 보니
뱃사공이 오른쪽에 서서
노를 젓기에 균형을 맞추기 위해
처음부터 그렇게 만들어진 거란다

나, 지금껏
왼쪽을
너무 많이 사용했으면
오른쪽으로 무게 중심을 옮기고
마음을 너무 많이 사용했으면
몸을 사용하는 쪽으로 옮겨도 보리라
왼쪽으로
기울어진 곤돌라의 오른쪽에 올라
노를 젓는 사공처럼

이렇듯
하루의 균형,
내 삶의 조화를 위해
천칭의 줏대에 누워
맑고 높은 파란 밤하늘을 본다.

만약이라는

만약이라는 이름 앞에 서 있다

만약을
대비해서 건물에는 비상구가 있고
소화기가 있다
만약을 대비해서 가끔 훈련도 한다

만약을 대비해서
비행기의 기장과 부기장은
서로 다른 음식을 먹기도 한다

만약이라는
단어 때문에 과학이 발달하고
인류는
좀 더 견고한 방식들을
찾아내고 있다

늘, 만약을 대비해야 하는
내 삶에는
먼지처럼 피로가 쌓인다

이처럼 내려앉은
고단함과 수고로움을 다독일 수 있는
저녁이
언제나처럼 다가와
만약의 이름으로 위로하고 있다.

사람 사는 곳엔

수업을 마치고 집으로 돌아오는
한 초등학생이
신발주머니를 흔들면서
호기심 가득한 눈으로
이곳저곳을 바라보고 있다
단번에
우리가 잃어버린 게 뭔지 알 수 있었다
또 다른 어린이는
어깨를 축 늘어뜨리고
땅만 바라보며 걷고 있다
어른들이
지워준 짐이 뭔지 훤히 보였다

바람을 품은 깃발이 펄럭이듯이
사람 사는 곳엔
사랑 나눔의 숨결이 있어야
사람답게 사는 맛이 펄럭이겠지
그래야
저녁의 고요도 빛나고
흔들리면서
흔들리지 않는 법도 배울 수 있겠다.

한 번 더 생각하면

나를
붙잡고 놓아주지 않는
고민이나 고통이 있다면
그것이
나를 붙잡고 있는지
아니면
내가 놓아주지 않는지
주먹을 쥐었다 펴 보는 거다.

나를
가두고 있는
마음의 감옥이 있다면
그것이
나를 가두고 있는지
아니면
내가 스스로 갇혀있는지
살펴보고 헤아려 보는 거다.

한 번 더 생각하면
혼란스럽던 것들이
제자리로 돌아올 때가 있다
한 번 더 생각해보고
감춰지고 닫아건
내 마음의 빗장을 풀고
참나를 천천히 찾아보는 거다.

절제하는 삶

모로코의
사하라 사막에 사는 사람들
세 가지 원칙을
아주 엄격하게 지킨다

그저 때가 되었으니
밥을 먹는 것이 아니라
배가 고플 때만 먹는다는 것
정말
목이 마를 때에만
물을 마신다는 것
그리고
도저히 걸을 수 없을 정도로
피곤할 때에만
낙타의 등에 오른다는 것

이는
모래바람 부는
황량한 사막에서의 생존을 위한
엄격한 자기 절제요
무언의 약속

이런 줄 알면서도
배고프지 않아도 먹고
목마르지 않아도
온갖 음료를 마시고
걷는 일이 필요한데도
서슴없이 차를 타는

나의 모습

너무도 보란 듯이
선명히 비교가 되어
문득 부끄럽기도 한 생활 태도
물론 삶의 터전이 다르니
삶의 방식도 다르다는 변명을 앞세워 보지만

풍요만이 축복이랴
조금은 더 절제하는 삶이
더 큰 축복인 것을...

90초 만에

심리학자들,
사람이
처음 만난 타인을 평가하는 데
단 90초밖에
걸리지 않는다는데

눈을 마주치고
잠시 인사를 나누는 사이
그 사람에 대한
거의 모든 것을 감각하고
'이 사람은
이런 사람일 것이다.'라고
판단해 버리는
나

90초 만에
한 사람을 파악한다는 것
그만큼 첫인상이
나를 속이기 쉽겠고
다른 사람에 대해

오해와 편견의 덫에
갇힐 수도 있을 텐데

그래서일까 나도
단 90초 만에
사소하게 스쳐 지나가는
인연이라 하더라도
순식간에 판단하고
그 사람을
규정짓는 때가 있었을 텐데

아, 이 사람아
어쩌자고
그 알량한 심리에 도취되어
사람의 인격을 그리 쉽게 드러내서야.

소중한 하루의 뒤안길엔

뭐 그리 오래 살지도 않은
내 삶이지만
예전엔
일상에서 쓰던 그릇이
흙으로 만든 것이거나
놋그릇이 대부분이었다

흙으로
빚은 자기들은 깨지기 쉬워서,
놋그릇은
자주 닦아줘야 했으니
불편도 했었다

이제 와 생각해보면
옛사람들
일상에서 매일 다루는
그릇을 통해
생활의 지혜를 배웠겠다 싶다

오늘을 살면서
던져도 깨지지 않는
한 번 쓰고 버리는
그릇을 통해
속절없이 무뎌져 가는
이내 마음 탓하여 보면서

조심스럽게 다루는
우리네 삶
날마다 닦고 성찰하는
나의 삶을 되돌아본다

옛 삶이
배어있는 묵은 녹 닦아내고
반짝이는 광채를 되찾듯
이제 나의 삶
마음을 열고
그늘에 가리운 삶의 진주를 찾기 위해

소중한 하루의 뒤안길에서
옛사람들,
그들 삶의 흔적을 따라
매일매일 놋그릇을 닦듯
하루하루를 순간순간을
정성 들여 매만지면서
그 속에 가려져 있던
소중한 일상을
그리고
나를
되찾아가고 있다.

고정관념

무언가
모르는 것이
두려운 일이라는
고정관념의 틀을 깨고 나면
때론 오히려
자유롭거나 홀가분할 때가 있다

낯선 곳으로 여행을 떠나
말이 통하지 않을 때에도
처음엔
두려움과 불편함이 밀려오지만
어느 순간부터는
자유롭다는 생각이 든다

모르기 때문에
사랑하고, 용감하고, 자유롭고
모르기 때문에
역설적으로 행복함을 느낀다

고정관념이란 틀에서
조금 벗어나 보니
살며 생각하는 일이
매력의 무지개로 피어나
내 품에 안기어 온다.

봄엔 봄의 것을

어느 날 나를 탈출하고 싶어
기차를 타고 있을 때
종점이 가까워지자
들려오는 안내 멘트
잃어버린 것이 없는지
살펴보라는 말
목적지까지
안녕히 가시라는 말이 나온다

그 말이 내 일상에서
늘
귓가에 맴돌고 있다

어느새 겨울의
종점에 이르렀으니
내 겨울의 것
다 챙겨야 하나 마나
문득 그런 생각이 든다

모든 것을 다 챙겨오고 싶은 마음
봄으로 안고 오고 싶은 마음
이 야속한 미련 떨칠 수 없으나
계절의 변화는 인생의 길잡이기에
겨울엔 겨울의 것을
봄엔
봄의 것을 누려야겠다.

마주 보는 창문

마주 보는 창문
두 개의 창문을 열어놓고 있다

방 안에 맴돌고 있던 공기
바깥에서 웅성거리던 바람이 밀려와
두 개의 창문을 통해 환기의 흐름을 느낀다

마주 보는 창문으로
이곳과 저곳의 공기가 흘러가듯
사랑의 창문을 통해
내 곁에 소중한 사람,
나와 사랑하는 사람과
동행의 미덕을 이루어가고 있다

마음의 환기를 이루기 위해
서로 마주 보고
생각의 창문을 열어놓을 때
당신과
나의 마음이 자연스럽게 순환될 것이니

이제 마주 보고 있는
겨울과 봄의 창문을 활짝 열어
신선한 자연의 기운을
마음 비워 들여놓고 있다.

어른이 되었다는 것

내 인생이
아무것도 없는 사막이라고
이름 모를 꽃이라고
그래서
무조건 힘내라고
말만 해서는 안 된다
성급하게 절망해서도 안 된다

'안 돼'라는 말
여기저기 붙여보니
비관적이라기보다는
조금 더
긍정적이고
사려 깊은 사람이 되어간다

이제껏
되는 일보다
안 되는 일이 훨씬 더 많았던
나의 삶이지만
절망이 커졌다기보다는

감사할 일이 많기도 했다

그러다 보니 이 일은
누군가를 배려하기 위해
하면 안 되는
일들이 있다는 걸 알게 되면서

진짜
어른이 되었다는 것
이런 생각에
사랑하는 사람을 위해 해야 할 일을
생각하는 것만큼이나
해서는 안 될 일에 대해서도
한 번 더 생각해보는
성찰의 시간을 갖게 된다.

지금 가고 있어

나는 가끔
이렇게 생각해 본다

사람들이
가장 흔히 하는 거짓말은
"지금 가고 있어."라는 말이다

지금 가고 있다는 말은
이제 막 출발했거나
가기 위해
신발을 신는 중일 것인데
아무 데서나
무심코 던지는 예사치례禮辭致禮 말이 되었다

내가 만약
지금 누군가를 만나기로 했는데
그 사람이
지금 가고 있다고 연락을 해온다면
마음 언짢아하는 대신
천천히 조심해서 오라고
말해주고 싶다

우리는 누구나
지금 어딘가로 가고 있는 중이고
어딘가에서 또 누군가에게
지금 가고 있다고 말해야 하니
조금
이르거나 늦게 도착한들 어쩌랴
너와 나
세상 주유周遊하는 나그네인 것을.

내 마음의 정원

누구나
마음 안에는 하나의 정원이 있다

야생화 골고루 심어 철 따라 피고 지는
꽃이 고운 소박한 정원도 있겠지만
아이들에게
문을 닫아걸은
황폐해진 정원도 있고
상처의 꽃이 핀 정원도 있고
상록수가 꿋꿋하게 자란
담담한 정원도 있다.

내 마음속에
가꿔 온 정원은 어떤는지
정원 문이 녹슬지 않았는지
벌 나비가 찾아오지는 않는지
꽃들이 사라져 버렸거나
무성하게 덩굴이 덮어버리지는 않았는지
한 번쯤
찾아봐야 할 생각에 잠겨

세월의 향기가 물씬 풍기는
내 마음의 정원을 돌아보고 있다.

태풍 부는 날

평범했던
나의 일상이 멈춰 서는 날이 있다

오늘처럼
태풍에 휩싸이게 되는 날
또,
한겨울 폭설이 내려
발이 묶이는 날처럼
와야 할 버스는 오지 않고
가야 할 곳에 제시간에 닿지 못하고
늘 그 자리에 있었던 것들이
어디론가 사라질 수도 있다

평범한 날의 방식으로
태풍을 그대로 맞이할 수 없다
어마어마한 바람이
나를 향해 정면으로 다가올 때
그때, 마음을 열면
그냥 보이는 것들도
분명 새롭게 볼 수 있다

흔들리는 것들을 단단히 대비하듯
내 마음도 일깨워 잘 붙들어 두고
한동안
돌보지 못했던
내 삶의 가장자리도 챙겨봐야겠다.

적절한 욕심

아프리카의
꿀벌은 꿀을 만들지 않는다
꽃이 피지 않는 추운 날이 없으니
애써 꿀을 저장해야 할
욕심을 느끼지 못하기 때문이란다.

월동 준비를 하지 않는
내 삶은 좀 어떨까
저장할 필요를 느끼지 않는다면
욕심으로부터 자유로워질 수 있을까
욕심이나 욕망이라는 것은
자만한 자의 전유물일 뿐이니

난 가끔
책, 음악, 여행에 대한 욕심이
여울목을 지나는 물살이 되어
내 가슴 깊은 곳에
행복으로 피어나 안기어 온다
이를 어찌
욕심의 허세라 할 것인가.

별책부록

인생의 여정에서
시간에 기대어 하루 일과를 마치고 나면
늘 만족감보다는 아쉬움이 꿈틀거린다

사람 사는 세상에선
당연한 일일지도 모르지만
하루의 끝에 매달려 있는 아쉬움이
별책부록인 양 우쭐댄다.

때론, 그래서일까
본책보다 별책부록에서
반짝이는 보석을 눈여겨볼 때도 있다
이는
다음을 기대하는 동력이요
버리고 난 빈자리를
새로이 채워주는 새 생명의 서書, 책이다

아쉬움은 도약의 힘이 되니
오늘 하루가 만족스럽지 않더라도
내일을 향한 디딤돌로
거듭난
내 인생의 별책부록이 되기를.

최재열 제5시집 《포도의 눈물》 평설

참나를 찾는 값있는 삶의 시학

시인/문학평론가 김종천 이학박사

1. 들어가며

변화의 흐름이 가파른 현대사회에서 시를 쓴다는 것은 깊은 고뇌의 시간을 갖는 수행의 길이기도 하다. 그러기에 시는 인생 여정에서 마음을 사로잡고 가장 가치 있는 체험을 형상화한 문학 장르이다. 이런 시를 쓴다는 것은 청정한 가슴 밭에 영혼의 씨를 뿌려 땀의 손길로 가꾸어 생명의 열매를 거두고 이웃과 함께 배고픈 밥상에 밥을 지어 나누는 과정이 될 것이다. 여기에는 무한한 자기희생의 힘, 도전의 힘, 변화의 힘을 간직한 영적 작용이 있어야 한다.

이는 자아발견, 자아성숙을 위한 모든 인연과의 관계 속에서 진솔하게 마음의 이끌림을 놓지 않는 창작의식을 살려내야 한다. 시를 쓴다는 것, 시인이 된다는 것은 곧 시는 본인의 심상과 인생관을 공감의 세계로 승화시키는 창조적 작용이기 때문이다. 이로써 시인은 자아와 자연, 자아와 생명, 자아와 인연과의 관계성, 동일성의 시 정신이 살아있는 서정적 자아로서의 시 세계를 펼쳐나가야 할 것이다.

이러한 의미에서 시를 논한다는 것은 시인의 인생관을 떠나서 말할 수 없을 것이다. 최재열 시인의 이번 시집을 읽는 감회가 새롭다. '물방울이 돌을 뚫는다'는 수적석천水滴石穿의 자세로 자기다운 시 창작을 위해 하고자 하는 강한 신념과 의지의 시 정신을 보여주고 있기 때문이다. 따라서 그의 삶과 문학은 누구에게나 신뢰와 공감의 마음을 열어준다 하겠다.

 최재열 시인은 《문학춘추, 2012》에서 시로 등단한 후 시적 영감을 살려 첫 시집 《저녁노을 한 가운데》 외 3권의 시집을 연이어 출간하고 지금 상재한 제5시집 《포도의 눈물》이란 표제標題에서 엿볼 수 있듯이 그 열정과 깊은 고뇌와 성찰의 눈으로 바라본 인생의 의미와 가치를 공유하고픈 순백한 샤론의 향기를 품은 시인 정신을 찾아볼 수 있다.

 최 시인의 시편들을 일별해 보면 일상에서 만난 현상을 가장 값있는 체험으로 받아들여 순수 창작의 소재로 승화시켜 진솔하게 표현하고 있다. 진솔성과 간결성 그리고 형상화와 함축미가 돋보인 흐름은 주인공과 관람자가 함께하는 공간을 불러일으키는 따뜻한 정서를 나누게 한다. 이러한 의미에서 현대인에게 필요로 하는 시대정신과 사랑과 희망을 공감하고 치유와 위로의 감동을 나누는 서정적, 심미적, 종교적 사상까지도 다양한 심상으로 펼치고 있다.

2. 情 그리고 그리움

 인간의 내면적 욕구 중에 드러나지 않으면서도 강한 힘을 작용하는 것, 잠용의 신비를 품은 것이 있다면 정情과 그리움일 것이다. 이는 인간의 본능적이고 보편적인 정서이기 때문이다. 따라서 우주적 대상을 향한 연민이요, 사랑의 근원이라고 말할 수 있다. '정'이나 '그리움'은 현상과 본질을 대상으로 아련하고 애틋한 심상心象이라는 정서적 동일성을 갖는 참나의 마음일 것이다. 그러기에 情과 그리움의 향기는 눈을 뜨고 찾는 것보다 눈을 감고 마음의 눈으로 시공을 초월한 고요함 속에서 자유롭고 긴 호흡이 더 뜨겁게 느껴지는 것이다.

 최재열 시인은 이러한 마음을 모아 정과 그리움을 이성과 감정의 조화로운 작용으로 포용하고 있다. 이처럼 情과 그리움은 삶의 의미와 가치를 체험하게 한 생명력이요, 자유의지다. 그래서 情과 그리움의 힘은 버거운 세상에서 절망을 극복한 희망의 힘, 사랑의 힘을 느끼는 무한한 행복의 빛임을 말해주고 있다.

 이 점에서 최재열 시인은 서정 시인으로서의 면모를 유감없이 발휘하고 있는 것이다. 이러한 의미의 상징성이 담겨 있는 다음의 시 〈봄날에는 Ⅰ〉에서 그의 시 세계를 펼쳐보기로 한다.

풋향기가 풍기는 날
어딘가/좀 멀리 가보지 않겠냐고
내 안에 유목민 유전자가/마음을 흔들어대면

뭔가/좀 더 정돈된 공간에서
쾌적하게 살고 싶지 않으냐고
내 안에 정착민 유전자가/집 안 청소를 부추긴다

유목민 유전자에 흔들리듯
정착민 유전자에 이끌리듯

이 화창한 봄날에는/남녘에 피었다는
매화 소식이 거짓말처럼 느껴진다면/길을 나서고
좀 더 정갈한 휴식이 그립다면/청소기를 들어야겠지

봄날에는
아쉬움을 삼키며 어떻게든 반기는 자연인이 된다.

- 〈봄날에는 Ⅰ〉 전문

봄이라는 계절의 감각에 이끌리는 인간의 소망이자 희망에
찬 감회를 보여주고 있다. 봄빛에 피어나는 시인의 시심이 '유
목민의 유전자-정착민의 유전자'라는 심미적 이미지를 통해
인간 본연의 잠재의식을 일깨워 정과 그리움을 품은 자유인의
대상으로 승화시켜 가는 시적 감각이 생동감을 주고 있다.

화창한 봄날에 '매화 소식에 길을 나서고 휴식의 시간에 청소기를 들어야겠다'는 시적 이미지를 통해 시인의 내면에 흐르는 심리 변화의 심상心象을 자연스럽게 시적 감각으로 아련하게 드러내고 있다. 인간의 내적 유전자를 자연과의 교감을 통해 시인은 자유의지와 정화 의지가 공존하는 현상을 자연의 순리 앞에서 자아성찰의 시간을 갖고자 하는 겸허한 자세로 받아들이고 있다.

한편 최재열 시인은 자연현상과 인간과의 친교를 "아쉬움을 삼키며 어떻게든 반기는 자연인이 된다."라는 정한靜閑의 감정 이입으로 인간의 내면에 자리한 자유의지를 보여주고 있다. 자유인이 된다는 것은 삶의 본질이요, 가치요, 한 생명의 소망이요, 희망의 빛임을 봄빛으로 보여주고 있다. 이를 통해 인간의 무한한 정과 그리움을 은밀한 동경심으로 형상화시켜 이끌어주고 있다. 아울러 깊은 자아 성찰의 심상으로 시적 상상력을 펼쳐 순수한 '자연인'이 되고자 하는 인간 본연의 심경을 화창한 봄빛으로 진솔하고 간절함의 언어로 사유의 깊이를 자연스럽게 보여주고 있다.

최재열 시인의 시 세계의 핵심은 바로 이 시에 드러나 있듯이, 곧 생명과 사랑 그리고 희망의 빛인 셈이다.

이러한 점은 다음의 시 〈추심〉과 〈서로의 허물〉에서도 다시 느낄 수 있다.

가을이 올 때까지
내 앞에 밀려오는 것을 맞이하련다.

계절이 바뀔 때에는/불안정한 것들이 뒤섞이고
지금 있었던 것들을/다가오는 것들이 밀어내려 하면서
땀이든 눈물이든/구름이 몰고 오는 빗방울이든
물의 기온을 자주 느끼게 한다.

내 마음에/눈물이,/연민이 없었다면
안 그래도 힘든 날들이/더 황량했을 것 같다.

휘몰아치는/바람에 여물어가는 들꽃처럼
내 삶 속에 녹아내린/연민과 눈물이
텅 빈 가슴에 뜨겁게 다가와/붉게 타오른 秋心을 적신다.

- 〈추심〉 전문-

 자연현상에서 '가을이 올 때까지는'이라는 시적 여운을 통해
인간의 순리를 찾고 현실에 순응하려는 겸허한 자세를 '추심'
이라는 감정이입으로 조용한 공감과 긴장감을 주고 있다. 또한
'계절이 바뀔 때'라는 이미지를 통해서 변화와 생성의 원리를
깊은 자아성찰의 과정으로 바라보고 있다. 이러한 과정의 흐름
을 '땀-눈물-구름-빗방울'까지도 따뜻한 '물의 기온'으로 받
아들이는 시적 이미지에서 최재열 시인의 가슴에 흐르는 짙은
생동감, 넓은 포용의 힘을 애련하게 드러내고 있다.

'내 마음' 속에 새겨진 '눈물-연민'이란 정한情恨의 이미지를 통해 현시대에 펼쳐진 고난과 어려움을 극복해 가는 심경을 가을빛처럼 은근한 위로의 힘으로 독자와 공감대를 형성해 주고 있다. 나아가 '휘몰아치는 바람'이 던져준 시적 이미지에서 엿볼 수 있듯이 광야에 던져진 고독한 인생의 의미를 '들꽃'으로 형상화하여 참음과 견딤과 굳셈의 의지를 보여주고 있다. 이 의지의 힘은 연민과 눈물로 점철된 "텅 빈 가슴에 뜨겁게 다가와 붉게 타오른 추심秋心을 적신다."라고 통감의 현상으로 보여주고 있다.

최재열 시인은 이 작품을 통해 마음에 끓어오른 인정人情의 힘, 인간적 본연의 힘을 부르짖음으로 자신의 영혼을 추심과 융합하여 태양처럼 강렬하게 불태우고 있다.

　　찬 물결이 흐르는 인생길에/마음결을 어루만지고 있다
　　깊은 생각으로 고뇌에 쌓일 때에는
　　한 걸음/더 나아가서 이성적으로 생각하고

　　열정에 끌릴 때에는/감정의 선을 잘 그어야 한다
　　딱,/그 이성과 감정에 빠지지 않고
　　공감의 공간에서 멈춰 서야 한다
　　한편으로 비약하는 걸 막지 못하면
　　마음을 수습할 시간을 놓치게 되고
　　돌이킬 수 없는 곳까지/내 마음이 달려가 버릴 것이다

나 이제,/너무 멀리 가버린 마음을 다스리기 위해
상처받은 마음도/지친 마음도 다독이며
드러난 허물도/조금은 너그러이 받아주면서
저녁노을에 기대어/찰나의 그림자를 넘나들고 있다.

- 〈서로의 허물도〉 전문

　불확실성의 현대사회에 살아가고 있는 인간의 모습을 보는 느낌이다. 최재열 시인은 '어려움'이란 현상을 품고 있는 자신에서 인생의 고뇌를 생각하게 한다. '이성과 감정'을 어루만지는 '공존과 공감'의 철학적 사유를 소생케 한다. 더 큰 용서와 화해의 가슴으로 포용하는 세상을 갈망하고 있다. 인간의 내면에 흐르고 있는 삶의 방식 '고뇌-이성, 열정-감정'의 흐름을 조화하려는 '공감의 공간'에서 자신의 참모습을 찾아가는 여정을 그려내고 있다. 최재열 시인은 '너무 멀리 가버린 마음'에서 인간의 내면에 흐른 영혼의 맥박에는 '정과 그리움'이 흐르고 있음을 윤슬의 아침처럼 은근히 보여주고 있다.

　감춘 듯 드러내고 있는 더 큰 사랑의 향기로 모든 '아픔, 상처, 지친 마음'을 어루만지고 보듬어 다독이는 삶의 모습, 허물도 잘못도 용서하려는 마음, 한없는 용서의 가슴에 새기는 위로와 치유의 자화상을 보여주고 있다.

　누구나 '흠'을 품고 있는 미완성의 존재, 죄의 존재를 '내 탓'으로 정화하는 포용의 가슴으로 형상화하고 있다. 자아 성찰의 향기, 참나의 향기를 자줏빛 회개의 사랑이 물든 '저녁노을'에

은은하게 녹아내리고 있다.

3. 샤론의 꽃향기

나는 샤론의 꽃 예수요, 산골짜기에 핀 백합화다

(아가 2:1 참조)

 우주 창조의 숨결이 메마르지 않은 곳, 인간의 숨결이 살아 숨
쉬며 혼돈의 길에서 영혼의 통로가 되어준 광야. 당신을 기다
리는 새로운 생명의 현장, 이 광야에서 하느님의 영광을 위해
사탄의 모든 시험을 물리치신 예수그리스도의 향기가 피어난
샤론의 꽃, 그 꽃향기로 잠든 영혼을 깨워 당신을 기다리는 새
로운 광야의 꽃, 어둠의 빛을 물리친 빛의 갑옷, 예수그리스도
의 갑옷을 입고 지금껏 살아오며 지은 빚 갚으러 떠난 나그네
가 되는 것이다. 그리하여 별 하나의 숨결로 못다 한 사랑을 나
누며 고뇌에 쌓인 영혼을 위로하고 치유하는 영원한 은혜, 거
룩한 향기 피어난 샤론의 꽃향기로 이 광야를 꽉 채우게 하려
는 것이다.

 여기에서 최재열 시인은 깊은 마음에 핀 샤론의 꽃으로 '부
활의 향기' 곧 영원을 향한 구원의 영광을 인생의 여정, 일상의
삶 가운데에서 맛보고 싶은 것이다. 그리하여 내 안의 광야에
서 당신을 만나 피어난 생명의 꽃에서 승리의 향기로 물든 옷

을 입고 싶은 것이다. 말씀의 빛 안에서 자아성숙의 삶, 행복한 삶을 위해 용서와 화해로 융화된 향주삼덕向主三德의 향기로 사람과 사람, 사람과 하느님과의 관계를 정화되고 회복된 신앙 인의 숨결을 그윽한 향기로 드러내고자 하는 것이다.

최재열 시인은 인간의 생명은 순간성과 영원성이라는 감정 변화가 복선으로 작용하고 있음을 깨닫고 있다. 그런 의미에서 사론의 꽃이라는 이미지를 통해 형상화되고 있는 신앙인의 시 정신을 보여주고 있다.

시간은/대답을 들려주기도 하고
기다려보면 알 거라고/선문답으로 흘러가기도 한다
때론/바람이, 저녁이/대답을 들려줄 때도 있다

대답을 듣는 일보다 중요한 건/질문하는 걸 잊지 않는 것이다
물어보고 청請하는 사람에게만/시간은, 저녁은 또 음악은
이보다 먼저 함께하신 당신께서/어떤 답이든 들려줄 테니까

사는 일에/사람 사이에 대해
살아가는 동안/질문과 구求함이 많아지는 무렵
내 삶의 무게 저편엔/당신의 응답,
참사랑이 둥지를 튼다.

─ 〈살아가는 동안〉 전문

신선하다. 그 시간은 바로 삶이다. 인생이다. 그렇다. 그러므로 시간의 흐름을 모른 인간은 살아간다는 참 의미와 가치를 깨닫지 못하듯, 시간 속의 인생을 노래하지 않는 시인은 참사랑을 모를 것이다. 최재열 시인은 시간 안에서 '선문선답'을 찾고 자연현상에서 생의 의미를 찾고 있다. 미혹迷惑 속에서 어둠의 터널을 지나는 순간마다 묻고 답을 찾으려는 과정에서 '물어보고 청請하는 사람에게만' 그 순간을 성찰하는 작은 사랑의 빛을 깨워주고 있다는 것이다. 그는 다시 '이보다 먼저 함께하신 당신께서 어떤 답이든 들려줄 테니까'라고 당신이라는 절대자의 힘으로 새 생명의 힘, 지혜의 빛을 주실 거라는 믿음의 행동을 보여주고 있다.

이어서 사람이 사람과 함께 살아가는 '시간'이란 공간 안에서 초래하는 '질문과 구求함'이 많아지면 많아질수록 '내 삶의 무게'는 더 무거워지기 마련이다는 것을 온몸으로 느끼고 있다. 이처럼 시간이 준 '선문선답'의 무게는 결국 인간의 한계성을 넘어 '당신의 응답'에서 찾아가는 믿음의 과정을 "참사랑이 둥지를 튼다."라고 형상화되고 있다. 그의 시는 자신의 삶을 적시며 스스로의 인생을 넘어 자연과 세상 더 나아가 영적 세계로 나아가 더 밝은 빛깔로 새로운 희망의 빛을 밝혀 마음에 피어난 사론의 꽃향기로 가슴을 적시고 있다.

이러한 향기는 다음의 시 〈여행길〉과 〈9월의 어느 날〉에서도 다시 느낄 수 있다.

인생은 나를 찾아 광야를 달리며 여행하는 것

여행은/떠나는 길이 있으면/돌아오는 길도 있다

갈 때와/똑같은 길을 돌아오더라도
그 길의 풍경이/사뭇 다르게 느껴질 때가 있다

갈 때에/오르막 인생도/돌아서면 내리막이니
내 생의 풍경에/선악의 빛이 따로 있으랴

오늘을 마무리하는/붉게 물든 서녘 하늘을 우러러
내 가야 할 여행길이 어디냐고/두 손을 모은다.

- 〈여행길〉 전문

　인간이 살아간다는 것은 내가 나그네가 되어 무한한 관계 속에서 신비한 체험의 흔적을 쌓아가는 것이다. 그러기에 인간은 '나를 찾아 광야를 달리며 여행하는 것'이다. 그 길 안에는 환함과 어두움, 서러움과 즐거움, 고난과 기쁨이 있고, 가고 오고, 오르고 내려가는 길이 있다. 여기에는 '오르막-내리막' 길이 다름이면서 같은 불이不二의 본질적 진리를 보여주고 있다. 이렇듯 인생길에는 '선악의 빛'이 동행하고 죄와 벌이라는 상호 모순적인 현상들이 한 매듭으로 이어져 작용하고 있기 때문이다.

그것은 여행이란 의미가 가지고 있는 이중적인 얼굴과 그 가슴의 다양성을 포용하는 믿음의 행동을 지칭하는 것이다. 여행길은 망망대해의 파도와 같고, 쏟아지는 소나기, 먹구름이 거친 윤슬의 아침과도 같다. 여행길에는 찰나적 감정과 이끌림의 연속성을 보여주고 있다. 이는 사랑의 힘이 흐르고 있기 때문이다.

  최재열 시인은 여행길에 '오늘을 마무리'하면서 붉게 물든 서녘 하늘을 우러러' 끝내는 "내 가야 할 여행길이 어디냐고 두 손을 모은다."라고 노래하고 있다. 자아성찰의 가슴으로 샤론의 꽃향기를 찾아 찬미하듯 돈독한 신앙심의 시심을 보여주고 있다. 그런 의미에서 최재열 시인은 여행길에서 샤론의 꽃을 찾고자 고심하였다. 그러한 열정은 다음 〈9월의 어느 날〉이라는 이미지를 통해 더 구체적으로 형상화되어 접근하고 있다.

9월.,/어느 날 오후
기울어 가는 햇살이 유리창에 머무니
평소에는 보이지 않던/무수한 손자국, 흠집 난 자리
얼룩진 흔적들이/마치/꽃무늬로 피어나고 있다

마음이라고/그런 자리가 없을까
내 마음의 창에/비스듬히 들어오는 햇살이 비출 때
은은히 보이는 얼룩진 자리에/상처 난 마음이 웅크리고 있다

내/마음을 기울여 세상을 보니
기울어진 지구,/기울어 가는 햇살,
어딘가에 마음을 기울이는/기울이는 일이/내 마음을
보살피고 쓰다듬는 생명의 꽃으로
9월의/파아란 하늘을 곱게 물들이고 있다.

- 〈9월의 어느 날〉 전문

이 시에서 '샤론의 꽃'이 직접적으로는 등장하지 않지만, 시인의 의식 속에 존재하는 '햇살'이란 대상에 대한 간절함을 드러내고 있다. '햇살-유리창'이란 이미지에서 그 대상은 '자아성찰'이라는 사랑의 상징으로 형상화되었다. 그것은 '손자국-흠집' 가운데서 '햇살'이라는 우주적 힘의 작용으로 무심코 바라본 삶의 흔적을 긍정의 힘으로 씻어낸 '꽃무늬'로 피워내고 있다. 그는 또 인간의 삶 가운데서 자신도 모르게 빚어진 과오를 '마음의 창'에서 찾고 있다. 살아오며 입은 '상처 난 마음'을 한

줌의 '햇살'을 통해서 회개의 마음 한 자리에 웅크리고 있음을 깨닫고 있다.

그래서 세상을 바라보는 마음의 눈 곧 관조觀照의 시선에 잡힌 세상과 자신을 새 생명의 빛에서 찾고 있다. '마음을 기울여 세상을 보니' 변화이면서 불변인 현상과 본질의 의미를 사랑의 빛에서 찾고 있다. 인생의 여정에서 누군가와의 관계 속에 쌓인 흠, 깊은 상흔, 더 나아가 자신의 자만으로 상대방의 가슴에 잘못 박은 피맺힌 못 자국을 '생명의 꽃'을 통해 용서와 화해, 위로와 회복을 바라는 간절함 속에서 자아성찰의 힘을 싹 틔우고 있다.

최재열 시인은 끝내는 마음의 창 안에 "파아란 하늘을 곱게 물들이고 있다."라고 더 새롭고 아름다운 것으로 피어날 수 있기를 바라는 희망의 메시지를 전하고 있다. 이 '꽃무늬-웅크린 마음-파란 하늘'은 세상의 유혹에 용해되지 않는 '샤론의 꽃향기'일 것이다.

이처럼 최재열 시인은 '샤론의 꽃향기'를 통해 우주적 자아와 세상과의 관계 속에서 믿음의 행동, 행동의 믿음이라는 진솔한 신심을 보여주었으며, '샤론의 꽃'이 간직한 신비한 시적 언어와 그 이미지를 살리는 상상력의 확충과 형상화로 신앙인으로서의 영성 생활의 모습을 고요한 심상으로 표현해 주고 있다.

4. 살며, 생각하며

 인간은 무한한 우주적 존재다. 움직이는 존재, 생명론적 존재다. 따라서 인간은 사는 존재이고 생각하며 살아가는 목표 지향적 존재다. 그래서 인간은 혼자가 아닌 '함께'라는 '더불어'라는 보이지 않는 울타리 안에서 끊임없이 굴러가는 것이다. 수레바퀴의 인생이다. 인생의 굴레를 씌운 채 살아가는 것이다. 그러면서도 사랑과 행복이라는 시간을 가리키는 시곗바늘처럼 초침, 분침, 시침의 역할을 하면서 끊임없이 돌아가는 것이다.

 인생의 굴레에 갇힌 나를 탈출하기 위해, 찾기 위해, 부단히 노력하는 것이다. 누구나 느끼는 것, 생각하는 것, 그러면서 희로애락을 함께하는 것이다. 파아란 하늘 아래서 자유와 평화의 세상을 갈망하는 것이다.

 현대사회의 과학 문명, 정신문명이 인간의 자만에 찬 허황된 욕망으로 무너지지 않도록 인간과 인간, 인간과 자연, 인간과 신과의 관계 회복을 위해 생명의 빛, 말씀의 약속을 마음에 새기며 함께, 더불어 살아가야 한다. 살아간다는 것은 도로를 주행하는 운전자가 되는 것이다. 헛눈질을 하다간 사고의 원인이 된다. 늘 바른 눈으로, 똑바로 생각하며 운전할 때 무사히 목표 지점에 즐겁게 도달할 것이다. 살다 보면 '한 번쯤은'이란 생각에 '나의 존재 의식'을 놓칠 때가 있다. 마음 흘러가는 대로 살아가고 싶은 것이다. 내가 선택한 길이니 후회 없이, 즐겁게, 가

치 있는 여행길이 되도록 노력해야 할 것이다. 살아있다는 것,
살아간다는 것 모두가 은혜이기 때문이다.

 최재열 시인은 이러한 의미에서 '살며 생각하며'라는 명제를
참나를 찾는, 지혜의 빛을 찾아가는 항해자의 깊은 고뇌에서
찾고 있다. 이는 곧 자기의 인생관, 가치관을 말해주기 때문이
다. 이러한 의미와 가치는 다음의 시 〈세상은〉에서 느낄 수
있다.

  세상은/열세 살 어린이들로 가득한 교실

  교실 뒷줄엔/변성기도 지나고 키도 훌쩍 커서
  마치 청년 같아 보이는/열세 살이 자리 잡고 있고
  앞줄엔/여전히 솜털 보송보송한/아이들이 함께 있는 곳
  같은 열세 살이어도/체격이나 관심사가 전혀 다른
  열세 살의 몸짓이 이리저리 부대끼는 곳

  세상은 그런 곳/같은 줄에 나란히 서서/같은 햇살을 받으면서도
  잎에 새기며 피고 지는 향기가 다른 것처럼
  서로 다른 사람들이 살아가는 세상
  같은 구름이 지나가도
  비 내리는 곳도 있고 빛살 내리는 곳도 있는데
  왜, 나만이/다른 사람들처럼 살지 않았다고
  헛된 삶을 살았다고/가슴을 두드리고 있는가
  저 교실, 어린이들의 밝은 미소를 보렴.
                                    - 〈세상은〉 전문-

이 시의 핵심 이미지는 '세상'이다. 세상은 우주라는 같은 공간에서 함께함으로써 세상의 맛과 멋이 각자의 위치에서 상호 조화를 이루며 또 다른 공동체의 완성으로 나아가고 있다. 이 시에도 '나이'와 '교실'이란 이미지가 은유적으로 등장하고 있다. '나이'는 '생각'을 연상시키면서 자연스럽게 공감각적인 이미지를 전개하고 있다. 최재열 시인은 한 교실이란 한 공간에서의 '부대끼는 곳' 곧 어린이들의 생활이 지닌 의미를 통해 인간의 삶의 현장을 열어 보이고 있다.

더 나아가 '세상은 그런 곳'이라는 다양성의 전제 아래 함께하면서도 '서로 다른 사람들이 살아가는 세상'에서 각자 살아가는 생존 양상이 다름을 보여주고 있다. 그러면서 '왜, 나만이'라고 항변하는 목소리를 내고 있다. 일상의 나약함에서 오는 부정적, 회의적, 절망적인 감정이입으로 점철된 자신을 자아성찰을 통해 비전의 동기화動機化와 일체성一切性으로 '세상'과 함께 치유와 회복의 자아, 긍정과 희망의 자아로 변모한 상태에서 현실을 받아들이고 희로애락喜怒哀樂하는 냉철함을 보여주고 있다. 곧 세상을 살아가는 아름다움이자 진실한 사랑과 희망의 의미를 "저 교실, 어린이들의 밝은 미소를 보렴."이라는 시적 형상화와 함축미를 통해 시인의 행복함을 추구하는 인생 철학을 보여주고 있다. 이러한 의미는 다음 시에서 서정적 감각으로 공감할 수 있다.

누구나/마음 안에는 하나의 정원이 있다

야생화 골고루 심어 철 따라 피고 지는
꽃이 고운 소박한 정원도 있겠지만
아이들에게/문을 닫아걸은/황폐해진 정원도 있고
상처의 꽃이 핀 정원도 있고/상록수가 꿋꿋하게 자란
담담한 정원도 있다.

내 마음속에/가꿔 온 정원은 어떨는지
정원 문이 녹슬지 않았는지/벌 나비가 찾아오지는 않는지
꽃들이 사라져 버렸거나/무성하게 덩굴이 덮어버리지는 않았는
지 한 번쯤/찾아봐야 할 생각에 잠겨/세월의 향기가 물씬 풍기
는 내 마음의 정원을 돌아보고 있다.

- 〈내 마음의 정원〉 전문-

 인생은 오늘이란 현존 앞에서 생각하며 살아간다는 것이다.
시인은 변화와 다양성이란 현실을 순리와 조화로움으로 받아
들이는 자아성찰의 성숙미를 보여야 한다. 곧 자존감을 찾아
노력하는 것이다. 최재열 시인은 이러한 현상을 '정원'이라는
공간을 통해서 열어 보이고 있다.
 마음의 정원은 야생화를 비롯하여 사계절의 꽃향기가 피어난
'소박한 정원'과 어린이가 찾아가도 문 닫힌 '황폐한 정원'과 이
런저런 꽃들과 상록수가 무성한 '담담한 정원' 앞에서 내 마음
에 가꿔온 정원을 생각해 보고 있다. 내가 살아온 참 의미와 가

치 있는 삶을 영위했는지 되돌아보는 것이다. '녹슨 문-벌 나비-무성한 덩굴'이란 시어적 이미지를 통해 '잡초의 정원'과 '시들어 버린 정원'을 연상하면서 나와 함께하는 모든 관계 속에서 어떻게 살아왔는가를 반추해 보는 것이다.

살아가며 '한 번쯤'은 나는 과연 내 마음의 정원에 '세월의 향기'가 피어나고 있는가를 생각하고, 꽃을 좋아하는 사람과 함께 꽃을 심고 가꾸며 새로운 희망 안에서 조화로운 삶을 살아왔는가를 생각하고, 꽃과 향기를 연상하면서 자연스럽게 자신의 삶에 대한 의미를 표출하고 한 개인으로서의 참나의 모습인 자신의 정체성正體性을 찾아보는 것이다.

정원이 지닌 향기란 '행복한 삶'의 진정성과 순수성을 간직한 사람의 마음. 꿈과 희망이 피어나는 심리적 공간으로 승화, 형상화하여 '내 마음의 정원'을 만들어 가는 미학으로 펼쳐 보이고 있다. 이러한 특성은 다음의 시에서도 잘 드러나 있다.

인생의 여정에서
시간에 기대어 하루 일과를 마치고 나면
늘 만족감보다는 아쉬움이 꿈틀거린다

사람 사는 세상에선/당연한 일일지도 모르지만
하루의 끝에 매달려 있는 아쉬움이/별책부록인 양 우쭐댄다.

때론, 그래서일까/본책보다 별책부록에서
반짝이는 보석을 눈여겨볼 때도 있다

이는/다음을 기대하는 동력이요/버리고 난 빈자리를
새로이 채워주는 새 생명의 서書, 책이다

아쉬움은 도약의 힘이 되니/오늘 하루가 만족스럽지 않더라도/
내일을 향한 디딤돌로
거듭난/내 인생의 별책부록이 되기를.

- 〈별책부록〉 전문-

 인간은 불완전한, 불만족한 존재로 세상 안에서 공생 공존하
며 살아간다. 그래서 늘 완전을 향한, 만족을 향한 동기유발의
힘을 발휘하도록 노력하고 있다. 최재열 시인은 '인생의 여정'
에서 만족감보다는 '아쉬움'에 젖은 자신을 되돌아보고 있다.
이게 현실이다. 이러한 일이 '당연한 일'이라고 생각하면서도
'아쉬움'에 못다 한 자책감으로 완성의 길로 가려는 욕구, 갈망
이 이끄는 목표 지향이라는 인간 본연의 심리적 작용을 보여
주고 있다. 여기에서 '별책부록'이라는 이미지를 통해 이를 형
상화하고 있다.
 그리하여 '때론' 본책보다는 아쉬움을 채우는 별책부록인 '새
로운 보석'이란 이미지를 통해 부족한 삶을 보다 성숙한 삶으
로 이끌어 가려는 값진 삶을 향한 노력의 대가라고 가치 부여
를 하고 있다. 이러한 아쉬움은 미래 지향적인 다음을 향한 도
전 정신, 비움을 채우려는 희망의 힘이 잉태한 '새 생명의 서書'
로 승화시켜 가고 있다.

늘 아쉬움의 마음에 자리한 비전, 도약 정신은 새 희망의 길을 열어가는 '디딤돌'이요 '거듭난 내 인생의 별책부록'이라고 형상화하고 있다. 어쩌면 새로운 삶의 방향을 추구하는 새 약속의 책이요, 지혜의 책이 될 것이다. 신심이 돈독한 최 시인에게는 육적인 현실에 만족하지 않고 영적인 구원의 세계를 향한 믿음의 열매, 영원한 생명을 약속받는 구원의 영광, 하늘나라의 '생명책'에 자기 이름을 기록하기를 소망하는 강렬한 의지의 힘을 보여주고 있다. 이는 거듭난 삶을 향한 기도의 언어로 바치는 간절함과 깊은 고백의 시이기도 하다.

5. 마무리하면서

  시를 쓴다는 것은 우주 만상과 하나가 되어가는, 정화되어가는 자신의 마음을 표출하는 것이다. '무엇'을 쓰느냐보다 '어떻게' 쓰느냐에 더 초점을 맞추어 새로운 인식과 감각으로의 시적 표현을 구사하는 것이다. 이런 시에는 감동을 주고 긴장감을 주는 개성 있는 자기의 혼불을 태우는 열정이 있어야 한다. 언어의 다양성을 살려 구체적 묘사의 미학을, 생동감 있는 언어로 공감각적 표현을 살려내는 시의 구성 요소를 창의적으로 활용해야 한다. 그러기 위해 오늘을 가장 값진 삶이었다고 의미를 부여하고 참나를 찾는 고요한 성찰의 시간, 깊은 사유의 시간을 가져야 할 것이다.

  이러한 의미를 담은 최재열 시인의 제5시집 《포도의 눈물》에서는 인간의 내면에 흐르는 진정한 사랑과 정과 그리움, 샤론의 꽃을 향한 간절한 신심, 어떻게 살며 생각하는가에 대한 물음과 답을 찾아가는 인생 여정을 담담하게 표출하고 있다. 그는 이러한 현실 속에서 '사랑의 힘'으로 거듭난 삶을 향한 변화된 자아의 참모습을 찾아가는 성숙한 시인 정신을 보여주고 있다.

시인의 시선은 늘 화려한 것보다는 순박한 것, 요란한 소리보다는 조용한 속삭임의 울림으로 그리고 고뇌와 기도의 촛불을 바라보는 듯하다. 이런 점에서 최재열 시인은 아주 깊고 따뜻한 감성의 세계를 동경하고 있는 서정시인이라 말할 수 있다.

이러한 작품의 흐름은 시인의 정화된 내적 심상을 자기다운 옷을 입고 값있게 살아온 삶을 자유로운 시적 감각으로 표출하고 있다. 나 지금 여기 '있다'라는 실존적인 자아를 '행복'이란 희망의 꿈을 향한 미래 지향적인 자아를 생에 대한 사랑의 생명수로 씻은 가슴을 열어 보이고 있다.

　앞으로 실존에 바탕을 둔 실험적인 과감한 시의 형상화를 펼쳐낸 자기다운 시학詩學의 꽃을 피우기를 기대하면서 이번 완숙한 다섯 번째의 시집 출간을 마음 모아 축하드립니다.

포도의 눈물

1판 1쇄 발행 2023년 11월 06일
지은이 최재열

교정 주현강 **편집** 양보람 **마케팅·지원** 김혜지
펴낸곳 (주)하움출판사 **펴낸이** 문현광

이메일 haum1000@naver.com **홈페이지** haum.kr
블로그 blog.naver.com/haum1000 **인스타** @haum1007

ISBN 979-11-6440-455-1(03810)

좋은 책을 만들겠습니다.
하움출판사는 독자 여러분의 의견에 항상 귀 기울이고 있습니다.
파본은 구입처에서 교환해 드립니다.